PALITO DE FOSFENO
PALITO DE FOSFENO
PALITO DE FOSFENO
THAIS LANCMAN
THAIS LANCMAN

REFORMATÓRIO

"Caddy pegou a caixa e pôs no chão e abriu. Estava cheia de estrelas. Quando eu parava, elas paravam. Quando eu me mexia, elas brilhavam e faiscavam. Eu fiquei quieto."

William Faulkner, O Som e a Fúria

Porque é tão difícil falar de febre é que tudo começa com ela. Não com um termômetro marcando trinta e oito e meio ou daí pra mais, mas com a sensação de quentura somada ao frio de tudo, um centímetro de pele fora do cobertor, o ar todo gelado, metálico, a cama parecendo um deserto imenso assim que se rola para o outro lado. Quando se encolhe em um canto, tudo fica enorme naquele tecido esticado, gira um pouquinho e cresce mais. Um som de burburinho nasce no fundo da pessoa e vai crescendo, e ela não tem como fugir porque está dentro dela, então se encolhe, sem saber se isso é lutar ou render-se. Ela esquece, mas depois o barulho fica muito alto – não tem outro jeito de descrever, e a pessoa realmente tapa os ouvidos na hora porque não sabe outra forma de brigar com o barulho –, vai sentindo o corpo todo rangendo, e aí é pensar em pegar o termômetro e colocar debaixo do braço.

Cedi teve tudo isso, mas seu termômetro estava quebrado. Pôs a mão na testa, e como não tinha provas numéricas do mal-estar, saiu do prédio normalmente, descendo as escadas com pressa, embora as pisadas nos degraus fizessem a cabeça dar pequenos solavancos. Nessa hora, ela sucumbiu a uma vontade antiga: pegar o jornal do vizinho. Achou justo, já que ele tomava café da manhã todos os dias lendo o jornal pelo menos uma vez, abrir mão, involuntariamente, para Cedi ter algum prazer similar no metrô. Justiça Social. Ainda mais em uma sexta-feira, dia do Guia Cultural. Ela já não desfrutava do suplemento desde sei lá quando.

Estava um pouco atrasada, mas sabia da tolerância de quinze minutos do relógio de ponto antes de registrar um atraso. Cedi andava acelerada para sair da estação do metrô, driblando ambulantes, de vendedores de presilhas de cabelo a churrasquinhos que formavam uma nuvem de fumaça e pessoas segurando espetinhos gordurosos.

Cedi lembrou-se de como estava esquisita ao acordar, quando foi olhar para os dois lados antes de atravessar e aquilo fez a cabeça doer de novo. A rua virou um deserto de areia dura como a cama. Piscou rapidamente os olhos para ver se passava. Se não resolveu, pelo menos lhe deu algum tipo de segurança para cruzar a faixa de pedestres e, ao mesmo tempo, buscar o crachá na bolsa. Acenava para um ou outro funcionário da empresa, os fumantes de portão, enquanto andava até a catraca. Quando chegou, trombou com a barra de metal que não girou. Tava do lado errado, não tava lendo, não girou. Luz vermelha insistentemente acesa, enquanto isso, Cedi tentava resolver a mística das máquinas e se virar sem deixar o jornal cair, sem desmarcar a página de Passeios do Guia de fim de semana, enfim, sem se DESCONTROLAR naquela sequência infernal de apitos e sons duros de máquina de todos os dias.

Já se passara quase três anos de quando lhe contaram, em um primeiro dia de trabalho, aquele chamado de Integração - confraternize com os concorrentes nessa escalada de ódio ao trabalho e mesmo assim cultive uma vontade de passar a perna e ser melhor -, que o crachá devia estar no pescoço o tempo todo, e sobre o horário de chegada e saída, registrado tanto pela catraca quanto pelo relógio, uns duzentos metros para frente.

No relógio da catraca, 8:14. Repita, oito e catorze. Bastou Cedi pensar em chamar alguém para lhe ajudar e o minuto virou. Atraso, e-mail do RH. Algum comentário do chefe. Ela sentiu como se aquele metal frio de quando acordou surgisse de dentro dela, e de novo levou a mão à testa. Não me sinto febril. E de repente parecia muito absurdo brigar diariamente com relógios indiferentes à sua existência, tudo isso para sentar em uma cadeira no minuto correto, depois, logar no computador, encher a garrafa de água, conferir se a impressora está OK e deixar o tempo se consumir em tarefas inócuas para que o trabalho mesmo só começasse depois de meia hora instalada.

Engana-se quem vê o telejornalismo em um ritmo frenético. Sim é, mas Cedi tinha o dom de viver alheia a isso tudo, e ainda assim passar por menina dedicada. O nome disso é estar pouco se fudendo para tudo ali.

Quando o segurança chegou, Cedi lhe entregou o crachá reclamando da falha no sistema. Enquanto ele tentava liberar sua entrada, ela voltava ao Guia. Lia sobre a reabertura do Planetário, e pensou que há muito não ia lá. Aberto de terça a domingo. Cedi pensou em deixar qualquer almoço de lado, qualquer outro evento do fim de semana, e ver o mesmo planetário da infância, se possível com o encantamento de outrora. Daí aquela sensação estranha voltou, não a febre, mas a coceira de um compromisso que não se sabe bem. Mas ela soube rápido, quando um apito mais longo indicou o atraso na entrada e a condenação a passar o fim de semana ali dentro. Isso mesmo, senhoras e senhores, o esquema de sempre; trabalha um dia e folga dois, explicado nos mínimos detalhes na integração - seu plantão.

O plantão sempre pareceu perda de tempo, porque nada acontecia aos finais de semana e, exceto coisas muito urgentes e graves, os tais factuais, nem teria repórter para mandar caso precisasse. Ainda era sexta-feira, alguém poderia cobrir a Cedi e buscar no lugar dela imagens de circuito interno para a notinha do assalto ao posto de gasolina em Ribeirão Preto. E tem mais, tem o planetário. O planetário vale mais que notícia de avião, que é o que mais vale depois de imagens de circuito interno. É o mais valioso também se comparado ao incômodo de Cedi, seu sentimento e sua falta de ânimo para dar mais de dez *bons dias* no caminho para a redação.

Na verdade, Cedi só realizou sua falta deliberada ao

trabalho por vagabundagem e com o segurança como testemunha contra, quando cruzou novamente a nuvem de fumaça do churrasquinho de gato. Era apenas a segunda vez, desde a terrível epidemia de conjuntivite no seu período de estagiária.

Estava andando de manhã na rua, na contramão de todos, os zumbis, como lhe disse uma vez um colega. "Gostava de voltar de manhã pra casa, sair da Love Story e andar pela Avenida Ipiranga, vendo as pessoas irem para o trabalho, como zumbis, enquanto eu estava ligado em tudo, indo dormir". Cedi era a zumbi, andando por obstinação, obcecada por cérebros, correndo como se tivesse fome, cruzando outros mortos-vivos que vagavam. A rainha dos mortos em meio aos mortos, assim ela se via, ou queria ser vista, mas ninguém parecia notar sua caminhada na direção contrária de todos os dias, no sentido mais vazio do metrô. Na baldeação da Sé, tudo se confundiu, não havia mais fluxo nem contra fluxo. Cedi estava gostando muito daquela sensação, e suava de andar rápido, de excitação, daquela chamada febre aplacando. Sorria e queria falar sozinha contando a história daquele dia como se na sua cabeça ela estivesse anos na frente, narrando a vitória contra a sexta-feira.

Naquele dia, a única exibição do planetário seria às dez horas. Não era nem nove e meia quando Cedi foi procurar na bilheteria toda a compreensão de um dia. Era incomum vender ingresso àquela hora, quase integralmente dedicada às turmas de escola. De fato, tirando Cedi, o público era todo de crianças vestindo os mesmos uniformes e as professoras, devidamente identificadas com seus óculos tartaruga e cabelos Chanel. A entrada dos alunos foi barulhenta, Cedi cogitou voltar outra hora. De novo pensou no plantão e na ausência injustificada no trabalho. Conferiu se o celular estava desligado, resistiu à tentação de verificar se o chefe tinha tentado ligar. Aquele era o melhor lugar para se estar naquela hora. *Space is the place*. De repente, um menino tropeçou em seu pé. A professora correu meio para resgatar, meio para dar bronca nele e pedir desculpas para Cedi. Ela ia ajudá-lo, dizer que não foi nada, perguntar se machucou, mas nisso a luz piscou indicando o começo do espetáculo. O garoto e Cedi acabaram sentando lado a lado, incapazes de se comunicar quando o narrador se apresentou como Planetário, ele mesmo, a voz daquele "formigão" no centro da sala circular, antigo, porém, eficiente em sua habilidade de trazer o espaço para uma charmosa abóbada de concreto. Ele também apresentou os pontos cardeais, devidamente marcados no horizonte fictício daquela sala, pediu para todos se segurarem firme, pois começaria a viagem no tempo da observação dos astros. Quando olhamos para o espaço, olhamos para o passado. Cedi nunca tinha parado para pensar nisso. Era dolorido imaginar as estrelas na sua possibilidade de nem existirem mais. Não daquela forma, e o planetário, pois, era uma vida artificial para muitas delas. Como teletransporte. Ali estavam, depois voltavam para seu vazio. Veio-lhe à mente a voz do seu avô, e a imagem de uma foto dele. Os suportes separados da lembrança, impossíveis de serem juntados sem ele aqui. Já faz mais de cinco anos, viu como não se pode confiar na cabeça quando se fala de tempo. Era como o planetário, manchando o passado de presente e fazendo o longe se esticar até chegar à nossa visão. Um elástico se dobrando em volta de um prego fincado em uma porta. Os homens, antes de inventarem tantas utilidades na Terra já olhavam para cima, buscavam entender o que havia no espaço, organizando-o. Alguém andando distraído olhando para cima, compenetrado, poderia chegar ao fim da Terra e cair do precipício. Antes da América os europeus já tinham as constelações dos signos, afinal um fez chegar ao outro. Novamente o tempo se retorcendo e as extremidades se encostando e se esfregando. O pensamento de séculos atrás sendo explicado e justificado por meio de linhas geométricas que vagamente chegavam onde se queria; o leão, a balança... Tudo sugerido para chegar à figura, para a sociedade novamente precisar desenvolver relações com a abstração. Com tantos pensamentos engolindo a voz do narrador para Cedi, ela conseguia sentir como aquelas constelações surgiam com desenhos complementares para que os expectadores compreendessem cada pata de bicho, flecha, qualquer coisa... Eram baldes de conhecimento sendo derramados no balde menor dela, o indivíduo. Ela ali, herdando um céu repartido como a África, com mitos em vez de nações. Recebendo também aquelas histórias e todas as pesquisas anteriores. Veio a curiosidade de quem tinha feito cada uma daquelas constelações e mitos, qual era a mais recente e a mais antiga, qual processo tinha sido o daquelas formas até se atingir uma estabilidade. *Pax celestium.* A paz armada de todas as figuras, com suas lanças e arpões e garras em posição de ataque. O mais intrigante para Cedi naquela hora não era nem a perenidade, mas sim a ausência de autores. O quanto ela gostava de ver seu nome nos créditos do telejornal por alguns segundos e agora fugia do trabalho, o quanto aquelas pessoas, ou grupos de pessoas tinham ditado a maneira de milhões identificarem o céu e sequer se sabia quantos eram. Mas deviam dormir tranquilos, debaixo do escuro pontilhado, com a calma da realização. Adormecido estava o menino bagunceiro do lado de Cedi. Era como se ele fosse movido a energia solar, incapaz de funcionar no escuro. Já ela, estava eufórica com os pensamentos; como seriam as novas constelações, atuais, porém incrustadas na antiguidade. Ser-se-iam ferramentas políticas, como os nomes de rua e os feriados, afirmações do folclore nacional.

Cedi voltava para os inventores de constelações e seu anonimato reconfortante. Cogitou se poderia fazer isso e, quem sabe, revelar-se a uma ou outra pessoa como desbravadora do espaço. Nem precisaria, caso o trabalho fosse bem feito. Bastaria aquela constelação se espalhar como uma gíria, coisa que pega e fica e deixa crianças, quando não dormem, embasbacadas e ávidas por aprender e passar para os colegas. Cedi poderia fazer isso, não porque tinha talento, mas porque tinha a ideia. Ela queria algo assim, um pedaço do céu para si, sua fazenda, sua obra. E, naquela criação genuína, estaria também algo capaz de orientá-la, um foco de calmaria e indicativo da direção certa. Do destino, não imaginava qual fosse, mas era sim um núcleo supernovo e brilhante daquela realidade de Cedi. Algo a ser revelado.

No fim da apresentação, quando as ideias já pareciam expandir e explodir como uma estrela prestes a morrer, as crianças saíram bem mais silenciosas do que quando chegaram. Ainda digeriam a exibição e, embora não soubessem, acabavam de ter um choque de realidade: a triste visão e aceitação demorada de sermos pequenos demais para a existência. Cedi, pelo contrário, sentia-se crescer. Capaz de fazer malabares com aqueles conceitos, logo, com as próprias coisas, embora não pudesse efetivamente pegar em cada um, jogar para lá e para cá e até, eventualmente, deixá-los espatifados no chão.

Na volta para casa, a pé para gastar aquela energia fulminante que fluía por ela, Cedi tentava recapitular as lições do planetário e de seu narrador imponente. Já se recordava de muito pouco e, com medo de deixar se apagar uma coisa ou outra, ela parou para anotar. O ato de escrever, com a possibilidade de futura consulta, deixava-a segura. Marcou então, em um papel guardado dentro de sua carteira, a expressão *corpo celeste*. Gostou de pensar em corpo, indivíduo, para cada astro. E o celeste amarrando tudo, eles e os rastros que largavam ao passar, no caso dos cometas. O fato de terem um corpo fazia deles um pouco como Cedi, apenas vivendo em outra substância. Corpo não diferenciava vivo de morto, de zumbi. E ainda assim, era o diferencial de cada um, o reconhecimento do corpo de um morto dando início ao lamento do seu abandono da vida. Resta o corpo e ainda assim ele é nada. Os astros são apenas corpo, e são celestes, e por isso nós nos interessamos.

Cedi foi subindo as escadas, procurando no granilite pontos de Pégaso, Orion, Libra ou da Ursa Menor. Sentiu-se como criança, quando tudo se transformava no que se quer, bastando querer, muito além de estar em qualquer esfera de pensamento convencida. Todos aqueles corpos celestes convidados para entrar no jogo de significados. Toda a sua casa sendo moldada com seus gostos e um passado tão pequeno, indigno até de uma dessas estrelas convertidas em diploma "parabéns, a estrela MB146 é sua e tem o nome tal" na mão de qualquer um. Cedi correu para a janela, sentando no parapeito como a faxineira na hora de limpar os vidros, uma perna para dentro, outra para fora, os olhos em uma estrela ou outra, resistentes à poluição, dava uma vertigem, mas o medo de cair era sufocado pela vontade de enxergar além, num céu arroxeado como aquele. Segurou-se no batente e a sensação de segurança foi um afago. Corpo celeste, qualquer entidade física existente no espaço sideral. Corpos maiores e menores, o de Cedi entre a terra e o céu, sustentado por um misto de aço e vidro, os olhos para cima, a cabeça para baixo, sem conseguir se desprender da ideia de olhar o céu como olhar para cima, e olhar para cima como olhar para o passado, ali estava o seu fardo: a representação do futuro, ou, ainda mais difícil: do presente.

Estrelas são buracos negros. Muitas delas já morreram, mas o sol, pequeno demais para se tornar essa zona escura sugando até luz, se tornaria uma pequena estrela muito brilhante. Prêmio de consolação. As que valem a pena viram esses grandes monstros, dos quais sempre ouvimos falar, mas não conhecemos. Temidos. O céu todo sendo apagado e aterrorizando a vista poluída da cidade, sendo uma prévia do futuro. Quanto tempo ainda temos? Novamente a vista dando um nó, fechando o ciclo, amarrando as pontas do raciocínio e estrangulando Cedi, acabando com a calma, o ar parecendo menos parado, violento, incentivando uma queda Segurava-se onde podia melhor garantir. Estava hipersensível, devia ser isso, não, melhor senti-lo e seguir adiante. No sufocamento passado-futuro, na placa de sem saída piscante naquele horizonte escuro, até as luzes dos vizinhos esmaecendo. O tempo achatado, o barulho da rua parecendo vir de cima. As explosões no espaço são mudas, ela se lembrou do locutor do planetário explicando isso, ela já sabia, tinha se esquecido, mas a agitação era enorme, e ela ouviu carros passando, freando e gente alegre se despedindo como se esses fossem os ruídos de alguma luzinha ou de um grande breu onde tudo devia estar escapando do lugar, rotas de milhares de anos se refazendo diante de uma estrela que devia estar ali e não está mais. Um braço de Orion amputado. Como vão fazer todos os menininhos paquerando menininhas em acampamento mostrando onde está aquele arco e aquela flecha.

— Olha pro céu!

Um casal na porta do prédio reagiu como se alguém tivesse jogado um ovo. Cedi se escondeu, como se, realmente, tivesse jogado um ovo. Esperou um tempo agachada até ir para o sofá, e dormiu lá mesmo, enrolada na colcha, curiosa sobre a possibilidade de gritar qualquer coisa ali de cima, e podendo escolher ter feito a opção de repetir algum conceito, independente de onde ele tivesse chegado, em vez de palavras aleatórias, as suas.

Com o sábado contorcido em certa consciência pesada pela sexta-feira vagabunda, Cedi se arrastou para o trabalho no plantão de domingo. Quando deu por si, estava em frente à catraca, crachá na mão. A caminhada até o estúdio era mais silenciosa nos finais de semana. Lá dentro parecia que o ar condicionado estava programado para inverno antártico em vez do frio congelante de sempre. Cedi apanhou um casaquinho no seu pequeno armário, onde também ficava a garrafa de água e os superfones de ouvido, e como ali cada um tinha o seu, era bom colar uma etiqueta com nome, por segurança.

Tudo igual a qualquer domingo de trabalho. Gente com cara de sono e indiferença, enquanto o mundo continua lá fora. Um lado de Cedi esperava que fosse diferente, um bafafá qualquer, mas na verdade, ela não estava surpresa. Primeiro porque em redação de telejornal ninguém fala muito alto, costume de quando o jornal está no ar e os jornalistas, além de abastecerem o teatro todo, também servem de cenário. Diziam até para evitar roupas excessivamente estampadas, embora nunca tivessem apresentado uma forma de medir. Tamanho da estampa, tema, cartela de cores? Além disso, a maior parte dos colegas de Cedi nem sabia seu nome. Ela não era grande frequentadora da sala do café, ainda mais após a implantação de um carrinho circulando pela redação e oferecendo o combustível negro dos proletários e os salgados batizados pelo estagiário como comeu-morreu. Talvez, todo aquele silêncio fosse puro rancor crescente. Cedi começou a ver cabeças pipocando por cima dos monitores, espiando-a. A traidora que não vestia a camisa da empresa. Não ligava para a equipe. Sabiam bem, desde a sua relutância em participar do amigo-secreto. Muitas vezes, nem *bom dia* dava, e até sobre isso, a moça do administrativo chegou a reclamar formalmente à chefia. Como castigo, ela ficaria lá, sem nada para fazer a não ser ver o relógio passar, enrolado no programa de edição. Batia as teclas aqui e saiam no teleprompter lá, aos olhos do apresentador. Ninguém revisava, seja pela pressa ou pela preguiça do plantão. Como podiam confiar que ninguém escreveria bobagens para confundir as apresentadoras bonitas. Naquele dia, Cedi estava condenada a ficar longe dessa tentação. Nenhum VT para escrever cabeça e pé, nada para editar. Deixar o tempo passar com o *Aurora* aberto. E se você fosse sincera?

Quase duas horas depois ela tomou iniciativa. Encheu a garrafa de água, seu preparativo derradeiro para começar a trabalhar. Passou a editar os rotativos, as notícias telegráficas da base da tela, circulantes como frangos de padaria. Quando vissem Cedi como a atualizadora oficial, ficaria público: tomou gelo dos editores. Ela, a antissocial, folgada e egoísta, devia ter ficado dormindo. Logo ela, que tinha passado um dia medindo seu potencial de fazer mais, e quanto mais acreditava haver no universo – ele mesmo, o espaço sideral visto com os próprios olhos vinte e quatro horas atrás – algo interessante a ser descoberto, menos se importava com os acidentes de estrada ou com as novas doenças da moda. Só precisava defender-se dos olhares condenadores, justo aqueles que deveriam agradecer pela ideia, a reverenciar pela coragem em dar uma rabada naquele estúdio deprimente! Para isso, se abrigou na própria estação de trabalho, deslizando o quadril na cadeira e se escondendo atrás do monitor. Fingindo caçar rotativos, abriu a página do *Le Monde*, tentando debulhar as principais notícias com seu francês intermediário: lê bem, fala/ouve médio e escreve pouco. Mas ela não lê tão bem assim, pois tinha dúvidas, nas críticas cinematográficas, por exemplo, se eram positivas ou negativas. Mesmo assim leu a matéria inteira, embora fosse cansativo decifrar cada sentido, isso se não faltava nada na frase impedindo a leitura de se completar. Pulou de um lançamento para outro, partiu para o horóscopo clicando freneticamente em todos os botões chamativos. Página tentando ser interativa: passa-se o cursor por cima de cada signo e lá estão algumas informações básicas. Clicando sobre a figura, o acesso é liberado para os trânsitos curtos e longos dos astros, algumas tendências gerais das pessoas nascidas em cada data e até a possibilidade de avaliar seu relacionamento na calculadora do amor. Cedi leu seu Mercúrio na casa oito, incrédula. Aquariana de ascendente desconhecido. Não acreditava em nada daquilo, apenas na sua eficiência. Sua crença se sustentava em metas e na possibilidade de alcançá-las. Um resultado final induzido confundia, quando não, minava o projeto. Por isso, naquela hora, ela achou bom seu entendimento pouco ou nulo. Mesmo assim, chamou-lhe atenção o mapa astral. A própria expressão. *Thème astral*. Um tema, a música embalando a vida. Ao invés de notas, eram aqueles riscos, aquele planeta naquele quadrante, uma estrela aqui outra ali, uma combinação louca de projeções sobre postas. Todo o céu repartido em doze, os pedaços ditando regra, Cedi não entendia como aquilo poderia fez algum sentido, quem convenceu a humanidade da procedência daquelas leituras. Ninguém chegaria ao final da vida para confirmar as previsões... Ainda pensando no *thème astral*, Cedi cogitou se haveria alguma configuração capaz de acompanhar uma pessoa em sua trajetória, em vez de orientar. Estava incomodada com o confinamento naquele estúdio e seu ar condicionado, e pensou em como seria agradável ao sair, já de noite, buscar no céu algo de perene; como a música cantarolada na saída do cinema. A canção parabeniza o telespectador por ter sobrevivido à sessão e o premia o deixando levar um pouco dela embora. Tipo isso... Tipo assim... Só que visual. Isso deveria ser o *théme astral*. A ideia animou Cedi e a fez se erguer na cadeira. Coluna ereta de quem fez RPG. De quem tinha ouvido uma notícia vindoura muito boa do vidente. Lembrou-se do planetário, tinha mesmo feito bem em ter ido até lá na sexta-feira, poderia encarar o trabalho com a certeza de algo melhor à espreita sem mudar. Era o seu tema, aquele narrador falando do passado contido nas estrelas. Ela queria investigar as imagens, mas precisava, antes, terminar os rotativos. E quando se voltou para a tela, um pop-up surgia na sua frente. Era o editor-chefe, chamando-a para conversar.

Cedi foi para a salinha da impressora, basicamente um aquário onde, de janeiro a novembro, os estagiários "rodavam o jornal", única função realmente importante dos coitados dos quais Cedi já tinha feito parte. Todo o trabalho consistia em apertar Ctrl+P no teclado do computador e ir para o digno recinto esperar as folhas saírem da máquina, tirando-as, sistematicamente, para a impressora não engasgar e depois revisar as folhas em uma mesa sempre coberta de restos de impressões defeituosas. Daí o estagiário da vez virava as folhas uma a uma para o roteiro do telejornal ficar na ordem certa. Cedi nunca tinha entendido o motivo de não programarem a impressora para fazer essa etapa do serviço automaticamente, como era, por exemplo, na sua casa na época dos trabalhos escolares. Aparentemente, ali na redação, todas as tarefas eram muito complicadas, ou assim, tentavam fazer parecer.

Em dezembro, a salinha se transformava na central do Amigo Secreto. A lista de presentes e a caixa para bilhetinhos ocupam a única mesa. Para os estagiários não fazia diferença. Naquele domingo de plantão, Cedi foi ao local pela primeira vez em meses, com sua garrafa de água de todos os dias na mão. O editor tinha levado duas cadeiras e pediu para ela se sentar. Paulo era gentefina, ex-moleque do interior e skatista. Cedi esperava uma bronca de Paulo, algo inédito.

- E então? - Ele só falou isso.

Cedi não queria se arriscar a responder perguntas não feitas. Jogar o verde era uma estratégia comum na redação, embora ela gostasse demais do editor para analisar a conversa como uma estratégia. Ela não sabia exatamente o que dizer. A verdade? Dizer que preferiu fazer outra coisa, que o dia estava bonito e que não se sentia útil naquela redação, menos ainda no plantão? Ou aquilo seria uma demanda por um esclarecimento mais específico? Podia dizer: esqueci. E pedir desculpas. Mas Paulo queria saber mais, queria saber se Cedi se achava boa jornalista. Se tinha nascido para aquilo.

- E alguém pode achar que nasceu para editar VT de assalto a posto de gasolina? Os dois riram e Paulo disse algo que impressionou Cedi. Ele se via assim, com esse talento. É preciso assumir quando se nasce para determinadas coisas, e não para outras. Ele até preferia ter outra vocação, mas tinha aquela. Editor de telejornal, chefe dos apertadores de botões. E esse processo era difícil, ele desabafou. A confissão, embora deprimente, foi libertadora na visão de Paulo. Ele afirmava que se deixasse de lado a má vontade que tinha com o trabalho, Cedi poderia ser tão boa quanto ele, e teria um futuro brilhante, claro, ele não sabia especificar, exatamente, qual seria esse futuro.

Cedi morria de medo de ser banal. Paulo parecia ter orgulho. Estava tranquilo sem a necessidade de se encontrar, de ser bem sucedido em algum projeto próprio. Parecia alheio a todo o resto do mundo. Não enxergava nada além da banalidade. Cedi pensou em tudo isso, mas preferiu mudar de assunto e usar termos mais corporativos. A necessidade de buscar novos desafios, a proatividade cobrada constantemente, mas pouco reconhecida, e uma cascata de metas, expectativas e um balanço do último ano. Imbróglio motivacional imprescindível quando o chefe está na sua frente, parecendo concentrado em disfarçar os julgamentos que faz naquele momento.

- Garota, você trabalha direito e você sabe disso. Mas não pode abusar. Não pode dar essas mancadas.

Para a jornalista, aquilo era um convite a testar os seus limites. Pelo visto, faltar em um plantão rendia apenas um toque leve, poderia explorar esse potencial de coisas a se deixar de fazer? Imediatamente descartou participar do amigo secreto no fim de ano, se era tão competente não precisava ser simpática. Mas Paulo ia além, classificava Cedi entre as melhores ali. Cedi se via como a melhor das piores, a menos medíocre dos medíocres. Sendo puxada para baixo por aquela massa e ainda se agarrando a pedregulhos que pareciam descolar do chão e devolvê-la ao lugar de onde ela nunca devia ter saído. Definitivamente preferia sair, existir torta e defeituosa, porém, em um universo com significado. Não podia mais ficar fazendo as combinações mais óbvias com imagens dos outros, horas passadas naquela ilha de edição juntando a voz do repórter com as captações do cinegrafista. Entregar uma massa anônima de conteúdo. Tudo um saco. Essa frase foi a denúncia da insatisfação de Cedi para Paulo. Seu inconformismo tão bem guardado, até aquele plantão. Naquela hora, Paulo entregou seus pensamentos também adiante. Ele parecia estar de cabeça para baixo na cena dos pedregulhos. A massa empurrando-o para fora, ele fazendo força para ficar. E chamava Cedi de escapista por pensar o contrário. Isso aqui pode ser legal também, ele disse. Não desista! Não se entregue, não vai fazer besteira.

- Você fala assim como se estivesse com medo de eu me matar.

- Ninguém tem mais idade pra falar de suicídio aqui, garota.

Cedi achou engraçado ele a julgar daquela maneira, reduzindo o suicídio a infantilidade. Na verdade, ela pensava bastante nisso. Não como projeto de vida, ou de fim de vida, mas pelo prazer da elucubração de um *gran finale*. Pelo conceito de DAR FIM À EXISTÊNCIA, ela gostava de por um peso nessas palavras quando pensava nelas ou falava para si, da ruptura da rede de contatos e afetos construída ao longo da vida, enfim, não deixava de ser uma trama de conceitos e ideias, segurando e prendendo, mas também servindo de amparo. Se matar seria quebrar de forma brutal todas essas conexões, muitas vezes com força para pulverizar toda a rede, e se atingisse seu potencial quem sabe poderia até ser capaz de anular mesmo a ausência posterior. O suicídio era uma manifestação de amor a toda rede, pois mesmo sem Cedi querer, ela não conseguia tirar da sua imaginação as elucubrações de seus pais, seu irmão, suas amigas morrendo. Imaginava enterros e notícias chegando e aquilo a apavorava. Mais do que pensar no próprio enterro, com as pessoas chorando e sofrendo. Ninguém se mata por estar sozinha, ela conclui uma vez. Se mata quem não consegue ficar sozinho. E não se matar é resistir, é encarar a banalidade da vida numa corda bamba e lutar diariamente para não se entregar a ela, ou é se jogar no banal e viver como o único humano a nadar entre os peixes.

Esse tempo todo Paulo falava dos períodos de depressão da esposa. Ela tinha tentado o suicídio na adolescência. Matou a charada. Depressão pós-parto, vai e vem, vira e mexe. Cedi lembrando o dia anterior, a ida ao planetário. A imagem do céu a abraçando como a própria ausência de propósito da vida, a vida desenhada por Paulo no seu trabalho de convencê-la. O escuro mais além, como a morte e como a vontade de se chegar ao desconhecido e talvez irreal. Aquela cena como a concretização da solidão escolhida, mesmo tendo a fuga como fagulha. Cedi estava ainda absorta quando o solilóquio de Paulo acabou. Ambos em silêncio, a impressora começando a rodar. O estagiário entrou na sala de vidro e eles foram até o bebedouro.

- Sabe Paulo - Cedi falava de voz mansa, enchendo a garrafa de água - na verdade, tudo está ao contrário desde o começo. Tudo aqui é muito importante, nunca faria nada desse porte sozinha, até mesmo o assalto ao posto de gasolina. Os crimes bizarros, a preservação da pesca de camarão em Santa Catarina, tudo isso é envolvente porque é real. Assim como uma vez me deu na telha comprar telas e pintar, e na primeira tentativa eu preferi fazer compras no supermercado, pensar racionalmente é muito melhor e mais tranquilo, e se isso acontece com a maioria das pessoas mais cedo ou mais tarde, é porque deve ser assim mesmo. Há certa maturidade em querer calma dentro da gente, eu também já percebo isso em mim. Só que eu não quero, ou não consegui ainda, uma parte de mim ainda não está velha o bastante. Encarar a iminência da necessidade de me endireitar... Ou o mundo me endireita. Sua mãe também já te disse isso? Mas eu estou num lugar diferente e, sinceramente, nem sei como ou qual. Eu não quero voltar a ser criança nem adolescente, Deus me livre, mas estou com a cabeça muito em ordem para ver qual é o passo seguinte, aquele que quase ninguém dá, porque morre antes, isso de se conectar de novo com a falta de sentido, porque nisso, talvez esteja algum modelo perdido de felicidade, porque esse não está dando pra mim. É o incômodo e a solução chegando juntos. Você me entende?

- Arrã.

Paulo bebeu um copo de água em três goles, tinha perdido o ar inicial de quem resolvia uma conta muito longa, estava incomodado, aquilo era como uma conversa de boteco com um bêbado inconveniente.

- E como você vai sair dessa, hein, Cedi?

- Vai saber. (Ela sabia).

- Mas esse não é o lugar para você encontrar a resposta. Acho melhor te dispensarmos.

Cedi pensou ter ouvido errado, e por alguns instantes quase chorou e pediu para que ele voltasse atrás. Não entendia se a decisão já tinha sido tomada e se coube a Paulo comunicar, ou se foi um ato impulsivo de gente doída, de quem era dócil, mas não dormia com nada engasgado. Tomou as dores de todos? Mandou-a embora ali mesmo, de forma quase silenciosa.

- Passa no RH amanhã.

Cedi foi no dia seguinte, não muito cedo, para o trabalho pela última vez. Pegou as mocinhas de surpresa querendo entregar seu crachá com pressa. Logo no dia de comemorar os aniversários do mês, elas tão atribuladas com o bolo e os salgadinhos. Pelo menos deu para Cedi fazer hora e recolher o seu bloquinho e os bonequinhos dispostos do lado do computador, enquanto todos cantavam Parabéns em um chocho uníssono. Da sua mesa, ela levou também uma pequena reprodução do Pollock, daquelas com muitos amarelos, recortada de uma revista, colada ao lado de sua CPU.

Cedi tentou construir alguma emoção ao passar na catraca pela última vez, se esforçando para extrair sentido da contemplação final ao logo da emissora. Pensou em como ela mesma, no futuro, lembrar-se-ia daquela cena. Achava plausível que, ao percorrer novamente aqueles dias, embutiria neles certa ternura por aquele lugar. Se um dia, desse uma entrevista contando sua trajetória, aquele momento seria citado como a partida rumo a se tornar uma pessoa bem-sucedida. A demissão dava certo alívio. Orgulho de ter uma segunda-feira inteira, toda para si. No caminho de volta para o metrô os cheiros de todos os dias pareciam diferentes, mais fortes. Ninguém sabia o que tinha acontecido com Cedi, mas, aos olhos dela, todos agiam diferente. Tinham dó da boca para fora, quando, na verdade, invejavam por dentro. Aquele dia seria diferente. Coisa de fase nova surgindo. Para estrear a nova vida, Cedi decidiu seguir a pé, em vez do metrô desgastado de todo dia. Iria andando até cansar, até ter ideia melhor. E se orgulhou ao ver um tumulto na praça, poucos metros à frente da estação. O aglomerado se revelou uma fila ligeiramente desorganizada para observar um telescópio grande, patrocinado por uma companhia de telefonia celular. Crianças de rua eram as mais animadas para manusear o objeto, e se estapeavam para revezar o visor.

Cedi aguardaria na sua pressa desocupada, sem grandes esperanças da observação, pois era dia. Quando chegou sua vez, colou o olho na pequena lente e ao segurar o telescópio deu-lhe uma pequena balançada, imaginando controlá-lo. Acontece que, quando se ajeitou, viu as imagens: não era feito para ver os astros, lá dentro dançavam formas geométricas coloridas, em movimento de ponteiros de relógio. Havia ali triângulos de plástico, translúcidos, formas cilíndricas, varetas que se encaixavam de maneiras loucas, muitas vezes escapando do observador. Um enorme caleidoscópio, Cedi confirmou ao identificar os espelhos compridos nas paredes do tubo. Não era o esperado, pensou ao lembrar-se do planetário. Ela pensou no mesmo experimento de dias atrás. Tentava ver o abstrato das imagens formadas nos reflexos e, com esse ato, a leitura. A interpretação que explica e é explicada. Os astros da vez eram aquelas formas, misturadas ao próprio logotipo da empresa telefônica. Luzes piscavam dentro do equipamento. Quando esteve no planetário, Cedi pensou nos gregos e em sua relação com os astros. As narrativas contidas ali, que explicavam os fenômenos e até a ordem em que ocorriam. O telescópio caleidoscópio poderia trazer qual tipo de conforto ao seu observador? De certa forma, eles eram opostos. Um convidava a olhar o universo, o outro direcionava para uma visão rebatida de dentro do próprio aparelho. O primeiro tinha imagens estáticas há milênios, salvo um cometa viajante e outros fenômenos raros e breves, o segundo dificultava a vontade de fixar a imagem no instante possível para tal, embora algumas figuras parecessem estar sempre da mesma forma, na verdade era a memória enganando quem observava, já meio sem diferenciar passado distante e aquilo que nunca tinha sido. Espaço infinito de desenhos limitados contra o espaço limitado de formas infinitas.

Quem sabe, se a observação dos astros e de toda a natureza não foi capaz de responder às angústias das pessoas, a solução seria esse olhar para dentro. De novo Cedi ficava angustiada ao pensar no céu como território já todo riscado. Um instituto americano veio e fechou o departamento de criação de toda a humanidade. Constelação é isso aqui, o resto é papo de bêbado saindo do bar. Sujeitos à contemplação das estrelas com base nos heróis da Antiguidade e animais, símbolos significativos apenas no campo do imaginário, não da realidade.

Não se pode esperar compreensão e calma como resultado da observação do espaço desse jeito. Cedi pensava no planetário tentando refletir sobre todas as estrelas ignoradas, se elas poderiam lhe dizer todo o não dito das suas companheiras mais célebres. Queria muito uma constelação contemporânea para sobrescrever o céu que as pessoas entendiam como tal ao observá-lo em planetários. Comparou o espaço e a floresta, ambos com suas explosões e ciclos de vida jogados ao aleatório. Ambos padecendo, do ponto de vista da humanidade, de serem assumidamente aleatórios e não encaixotados em linhas do tempo ou evolutivas. Nesse ponto de vista, pelo menos, o espaço visto a olho nu tinha escapado. Se Cedi resumisse tudo isso em algumas estrelas, no desenho formado por elas, teria completado esse percurso para ser grande. Ao mesmo tempo, faria um retrato da banalidade como ambiente de todas as oportunidades, pois era o espaço de quem não tinha medo do escuro nem do salto no vazio. Talvez ela pudesse encontrar essa constelação, e no momento que aquela imagem se espalhasse, tal qual uma gíria, ela teria para si a nova ideia tomando conta das pessoas, e essa nova ideia seria ela mesma crescendo em volume e explodindo, revelando, para si, ou para os outros, o seu núcleo supernovo hiperbrilhante, ali, esperando para acontecer. Ela vibrava aterrorizada de pensar no escuro, mas vibrava. Iria estudar, de maneiras mais ortodoxas ou menos, voltaria aos sebos do centro e à mitologia grega, invadiria o laboratório dos astrônomos, o caderno científico de jornal. Seria citada em artigos, e quem precisa ser autora deles quando se tem esse poder. Não precisava de nada novo para isso, apenas da visão. E para provar a si mesma a sua seriedade, encostou-se a um dos carros do congestionamento, o mais sujo entre eles, e no vidro traseiro fez pontinhos a esmo. O motorista buzinava, e mais um ou dois compadeceram. Cedi tentava ignorar o barulho para se concentrar. Via uma Cassiopeia, as Três Marias.

O motorista, ainda abrindo a janela, chamou-a de louca. A pressão falou mais alto e Cedi juntou as estrelas na poeira em forma de "U". Sorriu para o sorriso desenhado na lataria: uma carinha feliz. Depois terminou de atravessar a avenida.

Cedi acordou na terça-feira com a sensação de muito tempo passado, coisa de criança no primeiro dia de férias. E, como naquela época, ela sentia o ócio invadindo todas as dimensões das atividades mais cotidianas. Ficar em casa lhe fazia sentir culpa e por isso ela se obrigou a sair. Na rua, se viu mais uma vez sendo levada para o parque, para o caminho curvo atrás da lanchonete, até o planetário.

Na espera pela sessão, Cedi testou diversas poltronas, tentando encontrar o lugar perfeito. Optou por se sentar de frente para o Sul, algo inédito para ela.

Não se lembrava de ter feito isso. Não tinha boa memória e era comum contar histórias repetidas, isso acontecia até mesmo com as anotações, quando conferia os escritos e eles não eram novos. A solução encontrada foi parar de andar com bloquinhos ou qualquer tipo de anotação, exceto notas mentais. E a repetição, quando ela conseguia notá-las, era um sinal de que a ideia valia a pena, considerando valer a pena um conceito bastante vago, pois às vezes o pensamento era algo irrelevante, como uma curiosidade no número de palavras ditas em um dia, por exemplo.

No momento ela tinha pensamentos difusos de estrelas e constelações. E isso orientava sua presença naquele lugar. A escolha de sentar observando aquele S iluminado. O novo ângulo poderia ter um valor especial, quantos elementos da vida não variavam de banais e sagazes dependendo de quem o observa, e sob qual perspectiva. De repente, ela se deu conta da narração do planetário: por ela estar em um lado novo, poderia ter dessa vez outro significado, e ali lhe dariam uma pista sobre como chegar às novas constelações.

Ao mesmo tempo, vinha um receio da redundância. Como se tudo aquilo já tivesse sido feito, e sem resultados. Não seria isso um pouco daquela definição de loucura? Fazer a mesma coisa e esperar um resultado diferente. Parecia esse ser o grande vício das pessoas; indivíduos sãos em um coletivo louco.

As luzes esmaecendo de novo, a cadeira reclinando para trás, tudo parecia natural. Cedi sentia-se protegida. Aquele lugar parecia dizer "pronto, passou", sem explicar o que tinha para passar e como passaria. Vinha o locutor, a mesma saudação de poucos dias antes, quando aquela abertura tinha lhe dado uma espécie de excitação. Dava uma impressão de algo de muito tempo, e ela imaginava o teto desabando, pois era impossível aquele dia ser anônimo na contagem do calendário e nas notícias. E não seria: quando a voz masculina e didática dava as primeiras informações sobre a construção do planetário e seu funcionamento, ela começou a ficar cortada, e a falhar sistematicamente. Cedi procurava ignorar, seria um defeito recorrente do qual tinha se esquecido? Mas logo o aparelho deixou de funcionar totalmente, as luzes se acenderam. Uma funcionária veio anunciar que, por uma falha no sistema de som, a sessão seria cancelada. O reembolso aconteceria na bilheteria. Desculpa e obrigada pela compreensão. Ao ouvir muxoxos vindos do Norte, Cedi notou a presença de mais alguém por ali. Na sexta, eram ela e as crianças, mas agora não via nenhuma turma correndo, parecia improvável ter companhia. Viu de longe a moça grávida tentando passar entre as poltronas, seguindo as indicações da saída de emergência. A mesma mulher que, no saguão do planetário, abordou Cedi. Foi preciso chamar uma vez, outra, e repetir o nome para Cedi perceber que a grávida falava com ela e ninguém mais. Gravidíssima, melhor dizer. Demorou mais um pouco para reconhecer Irene, uma pessoa do passado, dos dias em uniforme e tênis branco obrigatórios. A maior denúncia de ser Irene aquela pessoa eram as sardas. Tinha, diferente de antes, o cabelo cortado como o de um indiozinho, medido na cuia, porém, a ela, era bem charmoso. Calçava botas com uma aparência de desconfortáveis. Se concentrar na cuia da cabeça, e no couro esfolado na ponta da bota, era a melhor forma de evitar um olhar fixo na barriga. Irene falava com entonação animada, mas deixava escapar um fundo triste. Ainda assim, insistia em dizer o quão maravilhoso era se dar ao luxo de visitar um planetário na manhã de terça-feira. Cedi, no esquema cabelo bota, cabelo bota, bota cabelo, barriga não, cabelo bota, respondia com um "total" para tudo minimamente razoável, numa conversa dessas é sempre preferível concordar. Não vidrar na gravidez alheira era prioridade. Nessas, acabou aceitando o convite para um café.

Nenhuma das duas combinava com aquela lanchonete, primordialmente um lugar para corredores e ciclistas fazerem suas pausas. Vez ou outra alguém comprava uma garrafa de água para seu cachorro. As duas ocuparam a única mesa disponível, quase desacostumada a pessoas como Cedi e Irene, quem realmente estava ali para tomar um café expresso, sem pressa.

A calma ficou inconveniente, uma vez que nenhuma das duas tinha grandes feitos recentes para comentar. Irene tinha uma criança esperando para nascer, mas isso era óbvio, Cedi não encontrava nada de relevante da redação para contar, além do mais, após a demissão, não seria um assunto para tocar. Veio o momento de falar de um ou outro colega de classe, fulano passando na rua, em um casamento, mas o tópico durou pouco, mesmo com Cedi apelando para aqueles em quem tinha trombado anos atrás, falando como se tivesse acontecido naquela semana. Entregaram-se ao silêncio.

Irene insistiu na conversa: lamentava a falha no áudio do planetário, mas não era a primeira vez. Já tinha perdido a conta de quantas vezes assistira aquela mesma exibição, desde o início da gravidez. Tinha começado nos primeiros meses, quando caminhava no parque pensando em não engordar absurdos, entretanto o planetário acabou sendo uma solução mais interessante. O narrador, ela confessava, estava começando a irritar, seria boa solução uma tecla "mute" naquela voz. Cedi concordou, lembrando-se da física; o som que não se propaga no vácuo. O silêncio era mais real no planetário, embora não se saiba lidar com ele. Era mais real estar diante da projeção sem ter o olhar orientado por um sentido, exceto a própria visão. O exercício subjetivo convertido na experiência era o ponto a ser defendido por Cedi. Mas Irene só falava em ser livre, ficar lá como quisesse. Pareciam de gerações diferentes.

Irene se levantou antes de Cedi repetir mais uma vez seu discurso do silêncio e o quanto ele é perturbador apesar de natural. Quando Irene voltou, ela inclinou a cabeça, chamando Cedi para voltar ao planetário. Apenas as duas, sem o narrador.

Cedi fez questão de sentarem olhando para o Sul, mas não aguentou os primeiros minutos de audição vazia e céu límpido fabricado. Quando o sono veio, bateu quase um desespero, não queria perder aquilo.

Estava quase se virando de lado para dormir quando resolveu pegar o celular e fones de ouvido, ofereceu para Irene. Ela recusou. A projeção parecia congelada na introdução, uma explicação sobre a poluição e como ela nos impede de ver os astros em São Paulo. Simulações do céu límpido, as constelações indo e voltando na abóbada celeste. Cedi suspirou enquanto ouvia *Every night I tell myself I am the Cosmos,* e respondeu, para o cosmos, e para si mesma, ou para o celular:

- I am the wind.

Irene cutucou Cedi e fez-lhe um sinal pedindo para ela tirar os fones do ouvido. Em parte esse gesto foi uma sugestão: assim, sem narração, era tudo mais real. Além disso, o pedido também indicava uma compreensão da conversa de minutos antes.

- Mas quem disse que seria assim mesmo, e quem disse que o espaço tem essas medidas na realidade?

A tentativa de conversa lhe deu um alívio. Não estava louca e obtivera resultados diferentes com o mesmo raciocínio exposto a Irene em momentos distintos. Havia algo parecido na loucura de Irene, o tédio daquela manhã de terça-feira. Tudo aquilo acontecendo e ainda não era nem hora do almoço.

Como podia estar separando tanto a experiência sonora da visual? Cedi sentiu-se no controle das visões fornecidas pelo planetário, condicionadas à música de fundo. A trilha sonora era mais próxima de traduzir um sentimento em comparação à visão, essa tão arbitrária e infiltrável. Só podia escolher entre ver e não ver, mas o visto era dado, despejado na projeção. Escorpião, com destaque para a sua cauda, uma trilha brilhante como pista principal para ser identificada por entusiastas a astrônomo. Círculo em volta dessas estrelas, todo o resto do universo esmaecido. Nada disso dizia respeito a Cedi. Na verdade, ela estava tentando encontrar uma música perfeita para aquele momento, porém não sentia nada. Nenhum pedido de sons vindo do seu interior. Um vazio mudo e aleatório. A estrutura do planetário parecia prestes a desabar, soterrando-a entre restos de astros e uma memória infinita de movimentos celestes. O norte e o sul se juntando, formando um indefinido sem saída. E mesmo com tudo a ponto de explodir – sem som – ela não sentia aptidão em acrescentar algo. Seu papel era de expectadora, de esperadora, paciente. Passiva. Tinha que ser assim, o melhor era se acalmar, sem o ímpeto de gritar, fugir ou correr. Irene teria a desculpa da barriga. Parecia ela inteira ser um Moisés embalando a criança, não uma pessoa. Ali parada, como se também aquelas imagens fossem passar pelo cordão umbilical. Alimentando o filho de experiências desimportantes, e ainda assim atormentadoras.

Cedi sentiu os olhos fechando, as pálpebras vencendo todo o exterior desordenado de fora das pálpebras. A vista repleta de pontinhos minúsculos subindo e descendo, se unindo em um lugar perdido logo acima do seu nariz. Nada a incomodava. Os fones tampavam-lhe os ouvidos sem nenhuma música.

Irene não precisou acordar Cedi quando as luzes se acenderam. Ela se mexeu sozinha, querendo fingir animação, os olhos exageradamente abertos representando uma suposta vigília eufórica durante a exibição. Embora isso adiantasse muito, mas OK, não geraria muita discussão entre a saída e o momento da despedida das duas conhecidas reencontradas.

Irene perguntou a Cedi se ela faria algo logo em seguida e, sem conseguir inventar nenhum programa, aceitou ir com ela até o museu do outro lado do parque. Durante a caminhada, pela primeira vez, Cedi viu Irene alcançar seu telefone celular na bolsa e segurar um botão com firmeza, ligando-o. Irene ouviu a sequência de alertas avisando de mensagens acumuladas recebidas, porém, fez isso já o guardando na bolsa, não parecia muito curiosa para saber quem tentava falar com ela. Logo em seguida, perguntou a Cedi sobre o seu trabalho. Ela só respondeu que estava mandando uns currículos, não queria fazer qualquer coisa para ganhar mal. Repetiu algum discurso sobre como é bom trabalhar em consonância com seus valores, enquanto pensava a respeito da dificuldade de falar sobre a demissão, era mais o incômodo em alguém olha-la com aquela cara de coitada, tão incompetente para a vida real.

Atravessando o parque, o telefone de Irene tocou algumas vezes. Ela parecia querer abrir um assunto novo a cada nova chamada. Impossível não ter ouvido os toques repetindo e repetindo. Cada ligação ignorada por Irene significava um passo adiante na intimidade de Cedi, o que era razoavelmente incômodo, então ela decidiu interromper aquilo, sem sutileza.

- Parece que tem alguém querendo muito falar com você!

- Roberto, o ex.

- É o pai?

- Não.

Igualmente enérgica, Irene cortou a conversa, voltando a falar do planetário. Uma fileira de adjetivos para descrever a sessão ainda fresca. As estrelas. O espaço. Cedi respondeu lacônica, tão imprecisa quanto.

- Dá um negócio na gente.

Cedi realmente não sabia explicar. Definiu como uma tontura, mas sem chegar a perder o sentido, era algo mais específico no seu centro, algum ponto do abdômen, ali, girava enquanto o resto permanecia estático, tentando entender. A cabeça servia para montar as constelações, para ler, traduzir os fragmentos de realidade acontecendo tão próximos de si.

Já Irene era mais tradicional. Falava do céu do sítio que frequentava na infância, da lembrança despoluída de quando era pequena e gostava de chupar cana vendo estrelas cadentes. Ficava o dia todo na piscina, só saía obrigada, e chorando. À noite, ver as estrelas era a desculpa para ficar fora da casa, e a única atração: não havia televisão e os adultos ficavam dentro de casa jogando buraco. Onze cartas era demais para uma criança segurar, essa era a desculpa para deixar Irene de fora, e fora para ela acabava sendo a grama, onde ela se deitava. O sítio fora vendido, e desde então Irene nunca voltou para o interior, depois conheceu a praia, e só mais velha começava a ter saudades do sítio.

Irene era tão óbvia que dava preguiça. Cedi só se interessava por aquele celular, e o efeito dele sobre Irene, vira e mexe o aparelho tocava, fazendo-a bufar e virar os olhos descontentes.

- Não é melhor você atender?

- Não estou com paciência para isso - e Irene voltou a falar do sítio - Vendo aquelas explicações no planetário eu fiquei imaginando o mesmo astrônomo responsável pelo texto, a reação dele ao ver o céu do interior. A coisa de verdade, sabe? Eu queria poder voltar lá enquanto a memória ainda está fresca para comparar.

- Mas o que aconteceu com o sítio?

- Foi vendido. Mas eu ainda sei chegar lá. Eu ia todo fim de semana.

Enfim, elas chegaram à entrada do museu, e quando foram até a bilheteria, Irene propôs saírem de lá, poderiam pegar o carro dela na casa de sua mãe, rumo ao interior e às estrelas de verdade.

Cedi, no começo achou que era besteira, preferia ver a exposição. Geometria do absurdo, uma mostra coletiva de artistas, pontos, retas e planos. Imaginou que mais constelações estariam escondidas lá dentro, de outro tipo, tridimensionais, performáticas. Olhou para Irene e sua barriga, e concluiu que de fato era muito difícil uma exposição de arte contemporânea sobre geometria contestar a geometria, em vez disso, falaria de tudo menos geometria sob o argumento de que ali reside a verdadeira transgressão do tema, na sua possibilidade múltipla e multifacetada. Pior ainda, ela imaginava como iria reagir se uma das obras expostas fosse, afinal, a constelação almejada por Cedi. Sua ideia roubada e ela sem condições de argumentar. O pensamento é uma fumaça a entrar pelo nariz da humanidade do qual ninguém pode se dizer dono. Nem mesmo Cedi, porém, existia algo no desejo de Cedi em delimitar um novo desenho de estrelas em diálogo permanente com a perspectiva de uma obra exposta em museu, totalmente desinteressante. Porque os visitantes daquele espaço muitas vezes veriam o nome do artista e se esqueceriam logo depois, quando muito se lembrariam da peça exposta. Cedi, por outro lado, queria poupar o esforço e nem dar seu nome, apenas ouvir sua obra ecoando pelo tempo, e mesmo quem não se desse ao trabalho de buscá-la a teria acima da cabeça, mesmo no céu poluído, ela estaria lá, camuflada. Isso a fazia se sentir quente por dentro, borbulhando de agitação. Era uma vilã falando em dominar o mundo, com questões menores a se resolver, como por exemplo, se embarcava ou não com Irene na jornada rumo ao interior.

Querendo fugir, acima de visitar a exposição, Cedi acabou aceitando o convite. Não lhe faria mal, muito pelo contrário, ver o céu de verdade em vez do planetário, para continuar sua busca. Entretanto, ela não assume isso para Irene, diz estar fazendo um sacrifício, vai por ela, para lhe fazer companhia, ajudar em qualquer coisa, nem pergunta, mas se questiona se é razoável uma grávida parecendo prestes a ter um filho viajar de carro despreparada.

Quando elas falam de passar na casa de uma e de

outra, só para pegar uma mochila e seguir viagem, Cedi faz o máximo para não incomodar, parecer mais um acessório na jornada de Irene. Ao mesmo tempo, ela vislumbrou a solução. Podia ser justamente o que iria garantir a sua grandeza, um grande feito prematuro na sua biografia e, ao mesmo tempo, o alcance do conforto de uma constelação ícone de orientação na vida e nos objetivos, o maior objetivo, na linha filho-árvore-livro, estaria cumprido.

Ela buscava orientação no mesmo espaço que queria de certa forma, controlar. Em uma terceira face dessa experiência, Cedi fugia. E sentia isso também em Irene quando elas pareciam afoitas com a ideia. Era preciso fugir para fazer, ter o exterior forçando uma transformação do interior. Muito mais arbitrário se colocado ao lado do mundo fora conspirando contra, e o indivíduo tentando ficar absorto em algo sem sentido algum. Cedi olhou para baixo, pensou na ilustração contrária, um desenho seu de caneta preta na folha branca e brilhante, cabelos espalhados e sua boca aspirando um mar preto, cheio de astros, se repuxando. Não imaginava como essa cena funcionaria tridimensional. Limitações.

Cedi queria encontrar essa nova forma, aprimorar aquele ofício de tal forma a tornar seus resultados inquestionáveis, sua proposição estelar. Uma história bem contada ninguém questiona por que é assim e não de outro jeito. Precisa. Afiada. Tão impulsiva quanto o impulso, daí pra mais. Cedi mudou de ideia, não passariam em sua casa. Ofereceu-se até para dar uma revisada no carro enquanto Irene se arrumava.

A saída da cidade acabou sendo mais enrolada do que Cedi e Irene imaginaram, e elas viram o anoitecer ainda no congestionamento antes mesmo de chegarem à estrada.

A primeira parada foi em um posto com rede de fast-food, móveis e piscinas à venda. Irene anunciou uma ida ao banheiro e, no caminho também compraria algo para beberem e petiscarem durante a viagem. Cedi preferiu esperar do lado de fora. Apoiada no capô, olhando para cima, deu como impossível enxergar qualquer coisa, culpou os postes iluminando o estacionamento.

Cada lâmpada acesa é uma estrela a menos no céu, assim dizia o narrador do planetário, em sua primeira visita, ainda na infância. Aquilo já a apavorava na época, a luz elétrica matava astros à distância, só depois veio à noção apegada ao ponto de vista do observador celeste, e nem por isso se preocupava menos com a proposição. Por isso mesmo, atravessava o pátio em busca de um escuro mais denso.

Na primeira tentativa de enxergar no escuro, coçou com força os olhos e quando os abriu, lá estavam minúsculos pontinhos coloridos correndo em grupo na frente das sombras. Quando apertava os olhos, era como se dentro deles estivessem raios esbranquiçados mesclados a um todo preto, e eles se renovavam quando ela fazia força com as pálpebras. Fosfeno, esse é o nome desse efeito. O outro eram as moscas volantes, tinha aprendido isso ao fazer os exames admissionais para trabalhar na tevê. Quando avaliaram sua visão, e perguntaram das tais moscas e do fosfeno, era um sinal. Aquele período poderia ter causado traumas irreparáveis à vida de Cedi e ela não deu bola. Teve também a audiometria: ela em uma cabine acenando quando ouvia diferentes frequências sonoras. Os barulhos que Cedi chamou na hora de triângulos metálicos sendo chacoalhados. Pensou em robôs, os colegas de trabalho tinham entendido a referência, ela sabia, mas não quiseram conversar para deixá-la isolada, estranha. Piorou quando ela tentou reproduzir os sons com a boca, isso não se faz. Cedi se deu conta de tudo isso atuando com força para ir ao passado, mas um impulso de sempre remoer aquilo parecia tornar constante o ar parado daquela redação, mesmo sabendo que nunca mais pisaria naquele lugar. Quando olhava para o céu, era como se um vento forte batesse na memória, levando-a aos poucos como areia. Deixando novos resíduos coloridos, dando esperança de uma nova construção gerada em seu movimento. Elementos aos poucos sendo depositados e passando de poeira – terrestre cósmica – a forma construída. Porém, o céu estava ligeiramente nublado, e para Cedi, ele assim, não tinha interesse. Nem sequer o chamaria de céu, se pudesse criaria outra palavra. A tal da poeira era, portanto, obstáculo. Muralha, espelho da frustração.

Após desistir da primeira observação dos astros da viagem, Cedi andou até chegar às piscinas vazias, elas sempre chamaram sua atenção quando vistas da estrada. Colocadas verticalmente, iluminadas por dentro, eram outras coisas, nunca piscinas. Pedaços de azul em pé quando deveriam estar deitados, enfiados na terra.

Cheios de luz em vez de água, e ainda assim, constituía uma sinalização própria e única, as grandes estradas que vão para o interior sempre têm suas lojas de piscinas, semelhantes, e se não vendem o produto, pelo menos lembram à maioria dos viajantes, rumo às férias em outra cidade, a possibilidade de um mergulho, e isso já é um grande serviço: a ansiedade.

Aparentemente instalada havia uma piscina infantil ou uma jacuzzi de baixo orçamento, era difícil definir. Cedi caminhou até ela e viu que estava cheia de folhas. Sorriu, gostou daquela imagem. Um depósito de plantas mortas no lugar de água, um processo da natureza invadindo um projeto de pessoas. Novamente o vento, subvertendo a ordem lógica. Aquele azul de fibra, processo industrial condensado em um quadrado, porém, cheio de matéria recém-morta dentro. Essencialmente humano. Nada mais humano que o quadrado de fibra. Nada disso é encontrado, apenas fabricado. As formas que se encontram são como as folhas, incertas dentro da repetição. O quadrado, equilátero e com ângulos retos, é uma produção nossa, enfadonha, porém, correta.

Cedi deu-se conta do quanto estava viajando em uma piscininha suja, e pensou em voltar para o carro.

Não sabia se o raciocínio tinha explodido em minutos ou segundos. Antes, porém, pulou no quadrado azul, afundando os dois pés nas folhas. Molhou as pernas, porque elas cobriam apenas a superfície. Perdeu o ar de leve com a água gelada, as pernas como se estivessem fincadas no fundo, e a quebra de expectativa lhe fez pensar: a constelação que a orientaria só poderia ser um quadrado, não como aquele, surpreendente, mas vazio, como a mais humana das construções. Serviria a todos os sujeitos à racionalidade e a sua tendência ao absurdo, pois pode vir dela própria ou tentando derrubá-la. Saiu da água pensando em anotar a ideia do quadrado (depois desistiu, foi tão arrebatadora a ideia que pode-ria tornar o registro escrito redundante e inútil). As botas rangendo a cada passo, chegou rindo à Irene, e a grávida, embora estivesse quase adormecida no banco do motorista, reclamou de preocupação enquanto Cedi esteve ausente.

- Sossega aí, vamos descansar um pouco antes de continuar a viagem. Disse Irene, em uma entonação misturada de bronca ou uma tentativa de imprimir nas duas uma tranquilidade para o passeio, a obrigação de relaxar estabelecida por um casal em férias.

Tentando sossegar no banco do passageiro, Cedi se perguntou quantas vezes tinha tido essa sensação na vida. Percebeu sua dificuldade em colocar o cinto de segurança, mesmo com o carro parado e prestes a cochilar, se pudesse.

Sossegar é como assentar, porém com a carga de uma decisão tomada resultando a uma sensação confortante. Há ainda no sossego a impressão de eternidade. O sossego como a calmaria da velhice, da pessoa escolhida para até que a morte os separe. O sossego parece combinar com o espaço, redundam em perenidade. É de um escuro diariamente igual, e nele as estrelas se comportam de maneira oposta a elas mesmas, vistas de perto: são calmas, brilham independente de um humor ou contexto, permanecem e não abandonam seu papel no mapa do céu. Porém, a perenidade de milênios não impede nem prevê um fim para o universo. E na aparente calmaria há explosões a todo instante e até o fim de algumas estrelas, e o pobre observador não se deu conta. Essa é a imagem do sossego, essa tranquilidade inexistente a não ser em deixar alguém com a aparência tranquila enquanto dentro há uma sequência de eventos corroendo a estrutura de serenidade, fazendo com que a mulher deixe o carro em que dorme tranquila, deixe a cidade e deixe o emprego, por um mero comichão.

Assim sendo, não há sossego, quem manda é o desassossego, o interior borbulhante a tirar o sono, ele dando pezinho para a moça subir no parapeito da janela e gritar. É insufocável, e ao mesmo tempo pouco compreendido, muitas vezes não deixa sequer despertar o impulso de tentar conversar. Porque existe no desassossego essa coisa de ser um outro imperando sobre o indivíduo. O fora de si. O desassossego precisa ser lembrado para a pessoa caminhar com um mínimo de segurança, um alento sobre a falta de planos, que não levará, necessariamente, à morte. A vontade de existir no conceito de existência como a capacidade de fazer barulho, apesar de o espaço ser todo sem atmosfera e, portanto, de explosões silenciosas. O desassossegado não consegue ficar em silêncio, ele se aproveita disso para ser o único a fazer barulho, embora queira andar, incansavelmente, rumo ao silêncio como o último a entendê-lo e do qual todos parecem desfrutar, menos ele. O desassossego leva à compreensão do absurdo. À entrega ao aleatório. Aceitar o universo. Sujeitar-se a ele, seja o destino como lido em um mapa, seja admirando de longe a sua imensidão, e ainda assim fazendo parte dele. Visualizar a própria pequenez, de fora e de dentro ao mesmo tempo, e sua responsabilidade diante dela por mais que se tenha nascido assim e não haja força capaz de transformá-la. No espaço estão todos, na sua flutuação extrema e impossível de ser comparada com a de um rio, pois não há fundo ou margem nem mesmo a possibilidade de se viajar com alguém. Apenas sozinho na tridimensionalidade, na melhor das expectativas estando lado a lado, por poucos segundos. E ao fechar os olhos, pode se estar no mesmo escuro, no mesmo infinito e ser surpreendido com uma queda no inexistente, ou uma elevação à única possibilidade. E assim uma angústia, a do meio, a da visão turva, pode minguar, não desaparecer, mas ser vista como um ponto distante que se afasta rápido, o companheiro de viagem fica para trás, ele não era quem se esperava porque nem mesmo você pode atender a esse tipo de demanda. Estar no espaço significa não ser quem queria ou quiseram, ou ser parte da parte do universo, ou estar sobre uma parte da parte dele que, não configura exatamente uma relação de pertencimento. Ele não pode ser entendido, a própria astrologia é uma tentativa empenhada, e ainda assim, aceitando que ele é, que ele está, que não se pode vê-lo a não ser em marcações muito específicas (o próprio buraco negro assusta quando se dá conta da sua definição de massa escura no escuro), há uma perspectiva de melhora, de um ganho de energia para seguir em frente, sem ser paralisado pela imensidão vazia: bate de frente, envolve, e atira com força para longe. Por isso é fuga e também destino inevitável. O lugar onde a solidão mostra sua verdadeira não-cara e ri em silêncio, oprimindo na falta de cor e de gesto. As estrelas são indispensáveis. Se movem e estão paradas, porque nós nos movemos. O planeta Terra é azul e não há nada que se possa fazer. Morra. Conte carneirinhos. Boceje na esperança de encontrar o sono aí, só esperando acontecer. Não fique com medo de piscar os olhos, nem mesmo se estiver dirigindo. Você é e está no espaço, o espaço é o lugar para se estar. É o lugar de quem se sente sozinho ou para onde se vai quando se sente sozinho. É para onde vai a estrelinha após ter conquistado tudo, ou quem desistiu, e sabe do fim, o negro, porque é castigo, se tudo se move, vertiginoso. Enjoativo, uma nova forma de estar mareado. Não é lugar nenhum, então não dá para descer. O coração não sossega e vira do avesso. O sangue bombeia aleatoriamente e é sorte ele não inundar o corpo. Pressão. Céu genuíno. Aquele onde a solidão se expande e consolida. Chuva de estrelas ou de fezes ou apenas um horizonte fazendo caminhar, nunca chega, sempre parece isso ou aquilo ou aquilo outro. Todos os ídolos falando de céu e convencendo muito bem – ninguém tem noção nenhuma porque é cada um para o seu céu e do seu céu, para os espaços individuais que se movem o tempo todo, e não bate. Nós, fora do espaço, somos fissurados em repartir, dividir e organizar. Se a colisão acontece, os espaços desaparecem e nem se sabe da existência. Ou a colisão aniquila qualquer biografia anterior. Logo, não batem nem convivem. Existem. Fazendo barulho e gerando um silêncio assassino. Todos se movem. Você se move. A existência é movimento e reflexos ondulados em volta, uma atormentação. Nunca se está onde se deseja. Os locais são todos mapeados por observadores de ângulos questionáveis. Faltam instrumentos para quem não falta vontade, alma sem mãos, mãos sem alma querendo trabalhar.

Foi difícil tomar coragem e parar em uma pousada de beira de estrada. Cedi e Irene não concordavam ao dizer se iam com a cara das fachadas ou não. Acabaram parando em um boteco, perguntando por hospedagem e encontrando o dono de uns chalés vazios durante a semana. Ele faria um preço especial e elas teriam uma jacuzzi para a noite. Só precisavam pegar uma estrada de terra, dessas que vão se tornando mais extensas conforme se dirige por elas. Cedi nunca tinha percebido a escuridão das estradas. Sem postes, só os faróis para orientar os carros. No caso, o delas e o do responsável pelos chalés, dirigindo à frente. Sentiu medo. Irene, por sua vez, foi ficando irritada com os buracos na lama e com o chiado do rádio independente da frequência sintonizada. Bufava. Pôs a mão na barriga, alongava o pescoço fazendo os mesmos movimentos de quem diz "mais ou menos". Cedi não entendeu como ela podia perder o humor tão de repente, achou que era teatro. A suspeita se confirmou quando ela ouviu o "finalmente" de Irene ao carro embicar no portão que dava nos chalés. Na guarita, um senhor um pouco bêbado escolhia uma chave para elas. Ganharam uma plaqueta de madeira com um número marcado com pirógrafo e as instruções de como chegar à instalação. O bêbado voltou para o seu trabalho noturno e elas subiram para o chalé, Irene sem falar e Cedi cada vez mais incomodada com o silêncio e as expressões de desgosto repetidas pela outra. Cedi cogitava se essa não era uma medida para as pessoas com quem se sentia à vontade: se não eram aquelas com quem podemos ficar em silêncio sem aquela experiência ser atordoante. Irene era uma desconhecida forçando Cedi a correr uma lista mental de tópicos para puxar assunto, tentar transformar cada árvore, cada placa de aviso, cada construção de madeira, em um comentário para dele uma conversa surgir. Enquanto as fichas giravam na sua cabeça, ela pronunciava pequenas interjeições, todas eram subitamente ignoradas.

Cedi olhou para o céu que brilhava diamantado. A falta de assunto, para ela, passou a ser um excesso entalado, pressionando para sair explosivo. Quieta, querendo compartilhar a sua busca, procurando apoio, admiração e, por último, contribuições. Mas ainda havia outros assuntos a se falar, afinal, estavam viajando juntas e em alguma hora precisariam calcular a gasolina, os lanches, escolher a cama ou o lado da cama, matar uma barata, decidir se dão ou não carona para um andarilho. Ela aguardava esses pormenores, e Cedi com sorte já apresentaria a ideia pronta, começo meio, fim e louros. Irene, como mágica, pegou as sacolas e foi sugada para dentro do chalé. Cedi ainda olhava para cima quando a porta bateu. Vou ficar um pouco aqui fora, disse, mais por hábito de dar satisfações a qualquer um do que esperando uma resposta ou uma pergunta, e com o questionamento ela desabafaria toda a história. Irene quebrou o mutismo perguntando para Cedi se ela não ia dormir. E se irritou ao ouvir a resposta.

Cedi não entendia essa exigência em entrar naquela hora, e ficou sem se mexer. Os olhos parados em uma parte indefinida das estrelas, aquecendo os motores para começar a inspeção. A insistência de Irene impedia o trabalho de Cedi, e a forçavam a repetir "vai indo lá, já vou". Vai indo lá, já vou.

- Está cheio de pernilongo aqui, vem.

Nunca fez sentido para Cedi as pessoas que não conseguem fazer nada sozinhas. No trabalho, tinha a menina que preferia passar fome a almoçar sem companhia, ou a amiga que a via fazer xixi para não ficar do lado de fora junto à pia. Sufocante a ideia de estar sempre com alguém, pensando se o silêncio era confortável ou atordoante como estava sendo para Irene. Pensou no seu momento na janela, dias atrás, e como aquilo só é possível a quem está sozinho, do contrário virá diálogo e é tão trabalhoso o ato de se explicar e observar a entonação e entabular uma conversa mesmo quando se está exausto.

Irene era isso: o fim esticado daquele percurso. Melhor se ela fosse dormir e deixasse a aventura de Cedi começar. Mas não. Estava em pé, esperando e contando mentalmente até dez, com raiva por Cedi ficar do lado de fora àquela hora. Cedi era a mãe e Irene a criança com medo dos rangidos da madeira no quarto escuro. A mão na barriga confundia todo o raciocínio. Quando desistiu, a única opção foi o recurso da sinceridade embolada, na esperança que, dadas as ignoradas de horas atrás, Irene não viesse com perguntas: Estou procurando um negócio aqui. Não funcionou. Irene quis saber mais, e

Cedi apenas respondeu com a sua tentativa de encontrar um quadrado.

- Pégaso?

- Como assim?

- A constelação de Pégaso, você quis dizer?

Cedi naquela hora pensou que Irene estava surda ou era burra, mas logo em seguida veio o choque com a informação. Pégaso tinha como centro um quadrado, mas era mais facilmente identificável na primavera. Até quando tem muita poluição dá para ver, ela afirmou. Cedi primeiro duvidou, depois teve raiva. Como ela podia dizer isso assim com a maior tranquilidade quando via Cedi tão compenetrada?

Depois veio a autorreflexão. Primeiro porque podia parecer fingimento aquela cena, já que se ela tivesse tamanho comprometimento com a observação das estrelas não teria adormecido nos primeiros minutos de planetário. Depois, era de fato um erro primário desconhecer Pégaso, e, por último, o pensamento redundante de amigos e do qual sempre tentava escapar, especialmente nesse contexto, o da condenação à repetição, do tudo já foi feito. Realmente os gregos tinham mapeado todo o espaço, mesmo sem ter dado nome e desenho a todas as estrelas, tinham encaixado naquelas escolhidas todas as formas a serem desejadas. Tudo isso tinha sido feito e desabava naquelas duas garotas, com suas cabeças viradas para cima e bocas abertas. O espaço, Pégaso e tudo o mais sendo despejado garganta abaixo, descendo com a saliva. Irene apontou, sem medo de ter verruga, a constelação, de fato pouco reluzente. Alívio, não era um quadrado perfeito, pelo menos não aos olhos de Cedi. Sorriso, vontade de gritar o erro na cara da outra, mas sabia que aquilo não era o mais importante. Devia segurar o resto das informações. Mesmo com Irene dizendo quão fácil era achar um quadrado, e se envolvendo com a busca. Cedi não queria ajuda, nem mesmo como uma desculpa para ir dormir. Irene tentando apressar o processo e só aumentava a angustia para concluí-lo. Era tão fácil, mas ela também não conseguia. Cedi teve um pensamento de filme infantil: sem ter dentro de si o motivo para o quadrado, não o encontraria. Ficariam com Cedi a tarefa, os créditos e o triunfo.

Aquele exercício parecia tirar de Irene o mau humor. Ainda com a boca aberta, ela começava a sorrir, ao mesmo tempo forçando a vista para focar estrelas menores. Cedi, na sua cabeça, voltava para a sala da redação, refazia a trajetória até a porta daquele chalé, começando na conversa com o ex-chefe. Via-os como iguais, cada um com a sua mediocridade. Ao assumir a dele, ele se revelou maior, e Cedi, buscando a grandeza, abraçava a mediocridade de quem não só obcecava em uma ação tão banal – olhar o céu – como o fazia com um objetivo já cumprido. Ou fracassado desde o começo, como ela poderia esperar algo diferente? Talvez já estivesse se sabotando desde o começo, inventando atrasos para as tarefas verdadeiras e menores da vida. Seguir com a vida, ser alguém na vida. Ela ainda tinha dúvidas se Pégaso era de fato um quadrado bom o suficiente para ser a nova constelação. Ele brilhava mais na primavera, repetia para si, reconhecendo a falta de algo melhor, mas, veja bem, o único jeito de continuar era entendendo a constelação como aquém das suas expectativas. Cumprir o objetivo de continuar na auto sabotagem, ou seria melhor parar de inventar desculpas? Pronto, assim ela decidiu, e continuou. Permanecia na busca, seriam quatro ângulos retos, uma forma equilátera e isso a faria notável e, ao mesmo tempo, onipresente aos olhos humanos. E se houvesse várias semelhantes, melhor, facilmente imitáveis como um quadro de Mondrian. Irene parecia desistir. Cedi sentiu na perda da vergonha de falar dos seus objetivos um passo na dissolução da desconfiança. Cedi já tinha sido tão ridícula de ir até ali, de ter se empenhado naquela busca a olho nu que, qualquer reação não machucaria. Mais além, ela já tinha escondido a demissão e seus reais sentimentos, e Irene, quem era ela para julgar? Uma grávida irresponsável e motorista agressiva. E precisando da mesma orientação que a constelação de Cedi poderia fornecer, em forma de calma quadrada.

Falar em uma constelação nova para Irene não teve efeito, diferente de revelar os antecedentes da ideia, foco de Cedi desde quando elas frequentavam o planetário do parque. Essa surpresa, ela demonstrava com sucessivos "e daí", e só deixava Cedi com mais certezas, forçava-a a argumentar e reafirmar sua meta do que ela merecia ser, tendo a surpresa de Irene como mais um indicativo do seu pioneirismo. Pronto, a causa existia e era boa, com a execução devida seria um sucesso. Cedi estava ansiosa. Sabia do quadrado ali, esperando-a. O que pegava para Cedi era não poder arriscar um momento de iluminação racional com uma execução medíocre. Devia executar uma carpintaria das estrelas, sem entrar numas de ouvir Irene e se contentar a dividir o crédito da descoberta depois. A autoria das constelações fosse desconhecida para a imensa maioria das pessoas, essa frase, ela se repetia, mas o que importava mesmo era o conforto interno de encontrar o quadrado perfeito sozinha. Cedi daria um jeito de ir direto ao ponto, fingiria uma satisfação, partiria para o trabalho solitário quando enganasse a outra. Mudou de ideia porque ficou com medo de o fingimento de ter encontrado a constelação nova a prender em uma imagem, a farsa grudada ao real. E o grande perseguido seria, no máximo, um mediano confortável, por pânico. Ou Irene de tão sozinha iria se apropriar do projeto e duplicar os quadrados, afogando ambas na escuridão e no desconhecimento. As duas com bolas de metal presas, afundadas no espaço, diminuindo, desaparecendo no compromisso, peso. A admiração de Irene pelo esforço de Cedi também a incomodava. Porque enxergar esforço como qualidade era um pensamento perigoso para Cedi, pois, a fazia pensar em um autocontentamento, conformismo opiáceo produzindo preguiça. Ela se lembraria dessa viagem como uma daquelas com a frase feita: *a trajetória é mais importante que o destino*. Socorro. A realidade opressiva do céu, e dos objetivos distantes e igualmente ditatoriais, tudo isso espalhado na sonoridade da voz de quando Cedi começou a contar para Irene da ideia, culminando na própria Irene ali, parada, observando estrela por estrela e imaginando retas ligando-as, matando um pouco o projeto. Cedi fazia os primeiros socorros, buscava manter vivo o sentimento de quem ainda estava longe de chegar aonde queria, para caminhar. O jeito era ficar quieta, fingindo concentração, se esforçando para não se armar demais nem falar demais, porque qualquer detalhe parecia despertar Irene para o seu mundo, de onde ela não deveria ter saído, afinal, era mais reluzente e interessante, mesmo. A esperança de Cedi era do cansaço de Irene chegar logo, mas quando ela parecia desistir o pior acontecia.

- E quando você achar o quadrado?

- O que tem?

- Aí pronto?

Cedi não tinha pensado no exato momento da constelação, por assim dizer, pronta. Sabia logo antes, da epifania do encontro, e bem depois, da sua consagração como autora de constelações, sorrindo na penumbra. Mas o traço de um ao outro, assim como de uma estrela a outra, não era visível.

- Daí você vai sossegar?

Cedi não tinha se visto como alguém desassossegada. Mas viu que, quando a constelação estivesse pronta, não estaria satisfeita porque ainda teria o meticuloso trabalho de plantar a imagem do quadrado estrelar no interesse e na imaginação das pessoas. E muito provavelmente, isso não seria suficiente. Quem sabe naquele ponto ela desejaria se erguer, levar seu nome para coroar todo esse processo, e depois ia querer mais alguma coisa, não pelo reconhecimento, mas simplesmente porque aquela busca já se mostrava impossível para Cedi, para todos no seu ponto de vista, sossegar. Aquele quadrado, escondido aos olhos das duas, era a prova disso. Os animais sossegam, até para morrer. As pessoas não, ficam sempre com suas inquietudes, lutando com a mesma intensidade para viver cada dia ou para serem mais, tendo o outro como rival sem rosto, elas previram para si em algum momento algo muito menor. Criam expectativas para superá-las, ou para justificar o desconforto da frustração. Para serem infelizes. A isso Cedi chamou desassossego, a impossibilidade de ficar parada ainda que isso não a faça se mover, pelo menos não em linha reta, não em direção a algo. Pontos que acabando em outros pontos e até morrerem no escuro a perder de vista.

Cedi revelou para Irene o desassossego e abriu-se para ambos, embora guardasse todo o resto, talvez ela já tivesse entendido. Então, foi como milagre, a grávida decidiu entrar no chalé. Cedi ficou imediatamente mais animada, estava a sós com as estrelas, poderia aumentar sua intimidade com elas e enfim encontrar o tal quadrado. Pinçava uma estrela quase aleatoriamente, e dela jogava uma corda para içar em outro ponto, um pouco afastado, que ficasse retinho. Ao mesmo tempo, pensava naquela loucura, no desassossego e na perspectiva de tê-lo como constante. Não era ali o início, mas estava diante da nova consciência daquela situação. Só assim, a constelação capaz de demarcar no céu o desassossego serviria de orientação, um Cruzeiro do Sul para Cedis, e por que não para Irenes? Mesmo assim, alternando entre euforia e cansaço, ela não conseguia enxergar o polígono exato, embora a ideia parecesse tão fácil no começo. Irene tinha já desistido, pensou. Cedi viu-se no mesmo vício de origem dos gregos: sem conseguir sair do estabelecido pela Antiguidade como regra, conceito fechado em uma caixa e despachado para o futuro. Ela que, até então se via preparando um novo pacote, para chutar à frente, tinha simplesmente rebatido o que veio até ela, a mesma enganação do trabalho, carregava para o seu chamado projeto definitivo, definidor da sua personalidade. Esse vício era ainda uma divisão do espaço, um motor fraco incessante, agindo na sua noção do céu em pedaços, deixando brecha para os outros. Mas Cedi, transpirando e com uma dor no pescoço em crescente, sentia um dever de romper com aquela lógica. Não deveria haver no espaço lugar para mais ninguém, porque tudo estava se movendo, embora ninguém percebesse. O atropelo das estrelas é sempre iminente, mesmo os astros de milhares de anos andam à noite, um seguindo o outro e borrando as fotografias de longa exposição. A regra dos gregos incomodava e desnorteava, fazendo perder a noção. A noção do espaço é muito maior e mais ampla e talvez por suas dimensões seja bem menos poderoso do que se costuma pensar. Ele está lá, sendo, as pessoas permanecem dentro da atmosfera, tendo ele apenas como orientação, como indicativo da permanência e da necessidade de se abraçar o absurdo. O absurdo, aqui, como a banalidade da qual Cedi e seu chefe tinham conversado naquela sala de vidro. A imensidão do espaço chamava a ser compreendida para encontrarem a constelação. Não adiantava segmentar o espaço, não havia possibilidade para brechas de outros desenhos. O desassossego de Cedi engolia tudo como a própria escuridão parecia fazer e assim deveria ser o quadrado. Parecendo querer ser maior do que a abóbada visível. Para além da constelação, o quadrado demasiadamente humano de Cedi precisava ser enxergado onde fosse, nem queria saber mais de estrelas específicas, localização geográfica ou estação do ano ideal. O instante do desassossego, um instante decisivo de quatro estrelas saltando para serem pescadas para formar um quadrado baixo, cortando o ar e os prédios, melhor assim até.

Ou então as linhas visualizadas entre as estrelas, atrás das nuvens e dos prédios. Cedi deitou na grama para fazer um novo exercício, com uma nova amplitude. Mexia o pescoço de um lado para o outro tentando captar tudo, refazendo as retas, ponto a ponto. Perdia-se. Começava de novo, em outra altura. Parecia viciada, queria mais noite, mais escuro, mais peças para jogar. O desassossego era o combustível do seu pensamento e inundava Cedi de humanidade. Ela quis contar para Irene tudo aquilo, sua cabeça a mil, pois parecia muito claro, e a prova disso era justamente a necessidade de falar. A coragem típica dos convictos. Também porque estava exausta, com a cabeça pesada. Paralisada frente a infinitas possibilidades, para o pequeno, o limitado, talvez o conforto estivesse em outras formas. Em saber que a nebulosa de Orion, berço de estrelas, era tão fácil de ser encontrada, uma mãe para a galáxia, ali, aberta e calorosa. Devia ser o bastante, mas não era. Nunca era.

Quando foi entrar no chalé, para avisar Irene e tentar dormir, deu com a porta trancada. Cedi entendeu o recado e dormiu sob as estrelas, atrás do chalé.

Quando acordou, o carro não estava mais lá.

Não tinha mais o cinto de segurança para servir de travesseiro, as pernas em cima do painel. Sem a agonia de procurar um assunto para conversar. O céu diurno era menos opressivo também. Era um dia frio e sem nuvens quando Cedi pegou carona até a rodoviária para voltar pra casa. Ela entendia.

Da plataforma, ela olhou para cima mais uma vez, a última espiada no interior. As visões que tinha tido, do quadrado, do horizonte, do significado crescente daquilo, só foram possíveis porque ela foi até lá, e talvez até dependessem de Irene. A história bem amarrada cujo final parece ser o único possível; a derrota melancólica, consciente, prestes a tornar Cedi uma personagem subalterna da grandiosidade dos indivíduos em discursos de experiências de construção do ser, algo legítimo e compartilhável de tão concreto, mas, por isso também, passível de ser perdido. Cedi tinha perdido, queria recuperar, reconhecer isso era se movimentar, e a inércia abanava o calor do desassossego, sem fazer passar a queimadura. Não estava com raiva de Irene por tê-la abandonado no chalé, mas se imaginava contando a história para alguém — e por que faria isso? — seria preciso forjar uma indignação, para não passar por idiota. Ainda assim, esperava de Irene algum sinal de vida, pelo menos quando a criança nascesse. Quem sabe não a encontraria com o bebê no planetário um dia, quem sabe o filho de Irene não fosse a próxima peste atrapalhando quem quer assistir a sessão com calma. Aí, nesse próximo encontro, viria a oportunidade de uma relação tranquila, menos sincera e mais construtiva. Cedi estava criando expectativas. Pensou nas amizades cultivadas ao longo do tempo, as amigas do colégio que ainda encontrava, tinha um pequeno grupo que via pouco, mas, quando via, sentia o valor de conversas puras. As amizades diárias, corriqueiras estavam em falta, e por um espaço curto de tempo ela quis construir isso com Irene. Sempre defendia a necessidade de se aproximar de pessoas com quem se identificasse mais para o dia a dia ser menos como aquilo ali, ônibus, estrada. Irene não era isso, mas era alguém. Já resolvia em partes, afinal de contas, pelo menos aquela noite elas tinham no histórico, e Irene já sabia, por alto, como a cabeça de Cedi funcionava. Sabia a verdadeira escala de valores, tinha ido direto ao ponto sem precisar de uma escavação extensa. Era um começo.

Tudo estava se movimentando. Nuvens, ônibus e a estrada. O tempo fechando. Cedi, contrariando suas expectativas, sentiu sono. Era difícil encontrar uma posição, pés para cima, cabeça de lado, dor nas costas e no pescoço. Quis ocupar dois bancos, teve medo de levar bronca. Encostou a cabeça na janela, os dois pés sobre o banco ao lado, uma pose de sereia. Tentava ignorar o tremor do ônibus. Viu o céu esboçando ficar sujo de nublado. Quando piscou mais lento, foi ficando mais tempo de olhos fechados. Pronto.

Ao chegar à cidade, não reconheceu o terminal. Cedi levou um cutucão do motorista, ainda resmungou como se estivesse na cama e saiu do ônibus aos tropeços. Sentiu o fedor da cidade, e foi seguindo o fluxo de pessoas até chegar à catraca do metrô.

Em algum momento, deve ter passado a catraca com

um bilhete guardado, ou até foi ao guichê comprar um e não se lembra. A cabeça doía das pancadas que deu no vidro, adormecida. Chegou a por a mão na boca para se certificar de que cada dente estava em seu devido lugar, e em boas condições. Tinha um real no bolso, usou-o para ir ao banheiro na estação. Sua menstruação tinha descido e foi como se, ao ver o sangue, a cólica começasse a espetar.

Cedi cruzou a plataforma para entrar em um trem da linha verde. Ninguém perguntou se ela estava bem, mesmo quando retorcia a cara. Talvez alguém tivesse até achado engraçado aquilo. Ela ia sendo ignorada em todos os ambientes. Ser ignorada não era um talento, ela sabia bem, era uma praga, com consequências por vezes pontuais, reflexos dos efeitos do tempo quando se era ninguém. Sofrimento contínuo, solidão no aspecto mais prosaico, mas nem por isso menos incômodo. Silêncio de mão única, um mutismo incontrolável que parecia mais uma condenação. Ela não tinha direito de reclamar, porque não era ninguém, era qualquer uma e aos olhos de qualquer um há sempre algo, geralmente próprio, mais grave e urgente.

Cedi, ou pegou todos os sinais fechados, ou conseguiu andar entre os carros sem ser atropelada. Por alguns instantes pensou ter entrado no ônibus errado e estava em alguma capital estranha onde não falavam a sua língua. Cheia de dúvidas, ela desceu as ladeiras do caminho, indo no embalo, quase correndo no final. A cólica era só um sintoma de toda a opressão da barulheira e de gente, muita gente, passando e esbarrando ou apenas sentados em pontos de ônibus. Inertes.

Dentro do parque – como chegou até lá? –, Cedi conseguiu avistar o planetário e deu um alívio vê-lo aberto. Parecia que ele se moveu também, até a entrada tinha mudado para o lado oposto, aparentemente. Pediu para esperar a sessão começar já dentro, a funcionária autorizou e aquilo foi como um chamado à razão. Se a comunicação era possível, logo poderia haver um novo fôlego para traçar tramas e construir um submundo de relações humanas sem se sujeitar à flutuação paralela vista nos astros. Cedi e Irene, no futuro, poderiam não falar de nada e ainda assim isso querer dizer alguma coisa. Essa coisa acalma. Em uma poltrona afastada do centro da sala de exibição, Cedi se acomodou e adormeceu sem relutar, antes da sessão começar. Ela ficou sozinha com os astros, em um espaço controlado e limitado, e não se deu conta. Os astros ficaram sozinhos como sempre, formando seus desenhos, ou sem significar. Desperdício. Cedi, dormindo, se deixou levar pela explicação do narrador, a mesma de sempre, sobre as luzes da cidade versus a observação dos astros, e como seria se tudo aquilo se apagasse, o mesmo céu visto na Grécia Antiga, as constelações saltando aos olhos, vamos tentar. Luz. De fora para dentro, a cabeça de Cedi sendo invadida sem saber. Para ela, não havia mais o interior. Via-se em uma cidade abandonada, destruída após uma guerra, onde a eletricidade tinha sido cortada, e apenas pequenos incêndios constituíam a claridade. Cedi tinha uma roupa camuflada e manchada de sangue. Passava a mão nas marcas até encontrar alguma úmida, e cheirava. Identificava cada uma e não se surpreendia de ter sido ferida tantas vezes. Estava escuro, mas ela enxergava bem, tanto a si quanto as ruínas. Tateava os restos de construções até conseguir se apoiar em um muro um pouco mais alto que ela, e foi se agachando, sem deixar de tocar os tijolos. Sentou ali, de costas para o muro, derreteu recostada nele, e quando já estava quase deitada, apenas com o pescoço ligeiramente ereto, virou-se de lado e, em vez de ficar entregue, começou a rolar. Era como se não houvesse mais pedras e sujeira no chão. Cedi ia ganhando velocidade. Via a destruição sem diferenciar prédio erguido daquilo que já não era mais. Um lado dela dizia para parar e buscar sobreviventes, quem sabe ela salvasse um ou outro, uma criança órfã pedindo ajuda. Outra parte lhe dizia, muito mais enfática, para ganhar velocidade, chegar o mais longe possível. Ia rolando por uma avenida infinita, com cheiro de pedra e areia. Sentia-se arranhar em uma coisa ou outra, mas nem tinha tempo de ver o tamanho do estrago. Um rastro de sangue ia sendo deixado para trás. Cedi pensava em fumaça, curvas dela se desfazendo no ar, formando uma grande massa acinzentada confundindo-se com o próprio céu nublado. Em bolinhas feitas depois de tragar um cigarro, café fervendo na cafeteira italiana. Nuvens, em todos os ambientes. Não precisava do céu para tê-las, e mesmo assim, elas eram tão incontíveis quanto os astros descansando logo acima.

O sonho de Cedi foi parar em um barranco, o fim da cidade e talvez do mundo. Precipício do fim, de onde Galileu se jogou. A triste certeza de não ser o centro do universo, encerrada com uma morte impossível. Cedi queria se jogar mesmo sabendo que ali não morreria, pois não havia buraco. Era apenas um barranco escavado. Os ferimentos, enfim, doíam. Ela franzia para si mesma o rosto. Não sabia diferenciar sujeira e o sangue seco nas mãos, se impressionava apenas em ver alguma coisa naquela noite tão densa. Eram as estrelas, causando uma vertigem contra a qual Cedi lutava, achou ser capaz de derrubá-la e encerrar qualquer questiona-mento. Mas ela ainda pode se segurar. No alto, era como se tivesse colocado sobre a vista um papel vegetal, as constelações gregas ali desenhadas. E, ao deitar no chão, as mãos sobre uma costela quebrada, viu tudo mais de longe, como se tivesse cavado um buraco no chão e aquilo desse uma perspectiva enorme. Via o céu mais de longe, a uma distância significativa. Em volta de todo o mapa estrelar da Antiguidade, enxergava os quatro fundamentais para ela. Bastava olhar para o todo e nele estaria a sua orientação. Se o espaço delimitado é enorme, ela pode ficar correndo dentro dele, com a impressão de não ter limites, e nessa margem tão am-pla está amparada, não cai e não morre. Era tudo lindo de se ver de longe.

Ao acordar, Cedi a princípio se recordava apenas de estar rolando e batendo em pedras, chegou a culpar o sonho tão agitado por um enjoo matinal. Foi mareada para casa e chegando, foi direto para a cama, esperando o mal-estar passar. Tinha muita sede. Tateou o criado-mudo buscando um copo e se esforçou em aproveitar o único gole de água dentro dele.

Ia ser um dia difícil, pois não tinha nada para fazer. Era como se a qualquer momento entraria em um carro, um ônibus, correndo o risco de desaparecer novamente. Cedi pensou em começar a andar sempre com uma mochila. Talvez levar uma calcinha e escova de dentes, para poder fazer uma dessas a cada hora. Depois concluiu ser uma ideia estúpida demais, que sempre foi muito boa em controlar seus impulsos, embora agora isso se resumisse a, dando vontade de sumir, passar em casa antes. Mas ela não precisava mais sair para buscar nada. Com um novo movimento de braço, tirou o laptop do chão e ligou-o. Tinha já a imagem do mapa celeste salva, só foi afastando, deixando o mínimo de zoom possível. As estrelas menos brilhantes já nem apareciam. Daquele jeito, precisando até forçar os olhos, Cedi recuperou o sonho como um arquivo velho. Na imagem digitalizada, foi ligando pontos. Um quadrado perfeito, pelo menos era o que parecia medido com seu polegar. No *Paint*, fez círculos vermelhos em cada uma delas, e escreveu, em letras infantis, o nome da constelação: Desassossego. Fechou o computador, rolou para o canto oposto da cama, e não quis mais saber. Não havia cura.

Copyright © Editora Reformatório, 2014.
Palito de Fosfeno © *Thais Lancman 2014.*

Editores
Marcelo Nocelli
Rennan Martens

Revisão
Tuca Mello

Fotografias de capa e interna
Gio Soifer | www.giosoifer.com

Projeto Gráfico, Capa
Leonardo Mathias | leonardomathia0.wix.com/leonardomathias

L249p   Lancman, Thais.

     Palito de Fosfeno. / Thais Lancman.
São Paulo: Editora Reformatório, 2014.

     ISBN 978-85-66887-07-5
     1.Literatura brasileira 1.Título.

CDD – B-869

Índice para catálogo sistemático:

1.Literatura brasileira   B-869

Todos os direitos desta edição reservados à:

Editora Reformatório
www.reformatorio.com.br

Esta obra foi composta em TeX Gyre Termes
em Abril de 2014,
para a **Editora Reformatório**.

www.reformatorio.com.br